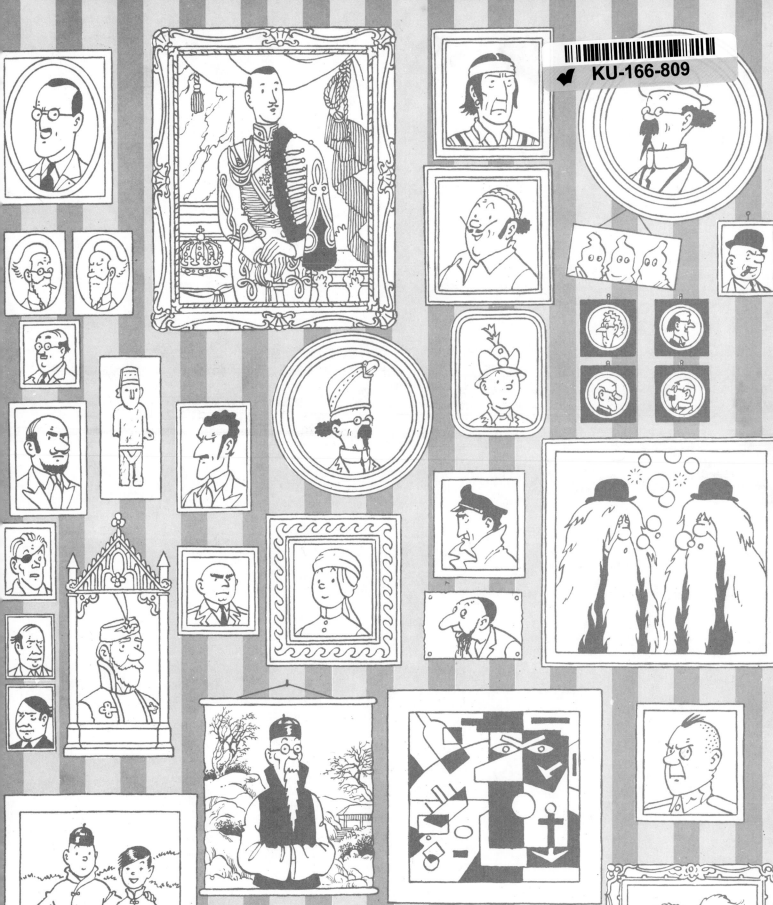

- HERGÉ -

LES AVENTURES DE TINTIN

VOL 714 POUR SYDNEY

CASTERMAN

**Les Aventures de TINTIN ET MILOU
sont éditées dans les langues suivantes:**

afrikaans:	HUMAN & ROUSSEAU	Le Cap
allemand:	CARLSEN	Reinbek-Hamburg
américain:	ATLANTIC, LITTLE BROWN	Boston
anglais:	METHUEN & C°	Londres
arabe:	DAR AL-MAAREF	Le Caire
asturien:	JUVENTUD	Barcelone
basque:	ELKAR	San Sebastian
bengali:	ANANDA	Calcutta
bernois:	EMMENTALER DRUCK	Langnau
brésilien:	DISTRIBUIDORA RECORD LTDA	Rio de Janeiro
breton:	CASTERMAN	Paris-Tournai
catalan:	JUVENTUD	Barcelone
chinois:	EPOCH PUBLICITY AGENCY	Taipei
coréen:	UNIVERSAL PUBLICATIONS	Séoul
danois:	CARLSEN/IF	Copenhague
espagnol:	JUVENTUD	Barcelone
espéranto:	ESPERANTIX	Paris
	CASTERMAN	Paris-Tournai
féroïen:	DROPIN	Thorshavn
finlandais:	OTAVA	Helsinki
français:	CASTERMAN	Paris-Tournai
galicien:	JUVENTUD	Barcelone
gallois:	GWASG Y DREF WEN	Cardiff
grec:	ANGLO HELLENIC	Athènes
hongrois:	IDEGENFORGALMI PROPAGANDA	
	ES KIADO VALLALAT	Budapest
indonésien:	INDIRA	Djakarta
iranien:	UNIVERSAL EDITIONS	Téhéran
islandais:	FJÖLVI	Reykjavik
italien:	COMIC ART	Rome
japonais:	FUKUINKAN SHOTEN	Tokyo
latin:	ELI/CASTERMAN	Recanati/Tournai
luxembourgeois:	IMPRIMERIE SAINT-PAUL	Luxembourg
malais:	SHARIKAT UNITED	Pulau Pinang
néerlandais:	CASTERMAN	Tournai-Dronten
norvégien:	SEMIC	Oslo
occitan:	CASTERMAN	Paris-Tournai
picard tournaisien:	CASTERMAN	Tournai
portugais:	VERBO	Lisbonne
romanche:	LIGIA ROMONTSCHA	Cuira
serbo-croate: ·	DECJE NOVINE	Gornji Milanovac
suédois:	CARLSEN/IF	Stockholm

ISSN 0750-1110

ISBN 2 203 00121 6

VOL 714 POUR SYDNEY

Djakarta, dans l'île de Java. En provenance de Londres, le Boeing 707 de la Qantas, vol 714, vient de se poser sur l'aérodrome de Kemajoran, sa dernière escale avant Sydney.

Où nous sommes ?...Mais je vous l'ai dit : à Djakarta.

C'est curieux : j'aurais juré que c'était Djakarta.

Mais C'EST Djakarta, mille milliards de mille millions de mille sabords !

Chandernagor ?... Vous voulez rire !...

Je vous répète, tonnerre de Brest ! que c'est Djakarta, ici : DJAKARTA ! ...Vous allez finir par m'énerver.

Ah ! nous sommes arrivés ?... Il fallait le dire tout de suite.

Non, professeur, ce n'est pas encore Sydney : c'est Djakarta.

Oui, j'ai bien compris. Mais je croyais que nous étions à Djakarta.

Les voyageurs en transit par ici, je vous prie ... This way, please...

Ah ! Les voyageurs en transit, c'est nous, ça...

Chic ! on va voyager en transit ! ...Je préfère ça !...L'avion, moi, je l'ai en horreur !

Dites donc, Tintin, que penseriez-vous d'un petit rafraîchissement ?

Bonne idée ! Pourquoi pas ?

Ah ! voilà le bar, là-bas...

Allons-y.

Hé !...Halte !...Arrêtez !...Ça, c'est vraiment se moquer du monde !...

BAR RESTAURANT

KEMAJORAN
(DJAKARTA)
INTERNATIONAL
AIRPORT

Là!...Regardez!...Hein!...Qu'est-ce que je vous disais?...Sommes-nous à Djakarta, oui ou non?..

!

Vous voyez?...Mais, bien entendu: "Tournesol, c'est l'éternel distrait" ..."Il n'écoute jamais ce qu'on lui dit"..."Il répond toujours à côté"... "Il est continuellement dans la Lune"...Et patati, et patata...

Ah! ce Tournesol!...Il finira par me rendre fou!...Oh! et puis, n'y pensons plus... Et allons plutôt prendre un whisky!...Un whisky? ... Alors que ce pauvre homme, là, n'a peut-être pas de quoi se payer un verre d'eau...

C'est vrai...D'où sort-il, ce malheureux?...Où va-t-il?...Depuis quand n'a-t-il plus fait un vrai repas?...

Tout seul...Abandonné de tous... Une épave...L'authentique malchanceux, qui réussit à s'enrhumer jusque sous les Tropiques!...

AAAAAAAAAH

TCHAA!

Voici votre chapeau, mon brave homme.

AAAAH...
AAAAHM...
AAAAHM...
Merci!

Hé! hé!...Générosité mais discrétion!...Il n'a pas vu que j'ai glissé un billet de cinq dollars dans son galurin...Hé! hé!

1 Que vois-je?...Non, je ne rêve pas!... Un billet de cinq dollars!...

2 Le Ciel soit loué!... je vais enfin pouvoir manger à ma faim!...

3 SCROTCH SCROTCH SCROTCH

4 Merci, mon Dieu! ...HOPS...Et bénissez...

...l'âme noble et généreuse qui a eu pitié de ma misère...

Pardon!...Il m'a bien dit: Chandernagor!...

Mais...

Mais c'est tout naturel, voyons... N'importe qui à ma place aurait agi de la même manière...

Milliards de

SZUT!...

?

SZUT!!!...Ce vieux Szut!...Toi ici!...Quelle bonne surprise!...

Capitaine Haddock!...Tintin!...Bonjour!...Content de revoir vous!...

Et voici le professeur Tournesol dont tu as certainement déjà entendu parler...

Très fier je suis, professeur, de serrer main de vous...

Non, Tournesol.

Sacré mitrailleur à bavette, va!...Et que fais-tu par ici, espèce de grand escogriffe?...

Moi pilote avion privé...Vous connaître célèbre milliardaire Laszlo Carreidas, non?...Eh bien! lui patron de moi...

Laszlo Carreidas?...Le constructeur d'avions?..."L'homme-qui-ne-rit-jamais"?...

Oui, lui: avions Carreidas, laines, pétroles, électronique, Sani-Cola, etc...Moi le conduire à Sydney pour Congrès International d'Astronautique.

Çà, par exemple!...Nous aussi nous y allons à ce congrès. Nous sommes parmi les invités d'honneur...Dame! la route de la Lune, c'est nous qui l'avons inaugurée!

Ah! bon...Moi croyais vous encore partis pour grandes aventures...

Non, non, non, les aventures, c'est fini!...Et bien fini!...Ceci est un voyage d'agrément...Pas d'ennuis...Pas d'histoires...Pas d'émotions fortes...

WOUAH

Je ne l'avais pas vu, ce cabot...Il a failli me faire tomber!...Tenez, commandant: voici les télex pour le plan de vol.

Brute!

Merci...Ah! je présente: Paolo Colombani, co-pilote de nous...Amis de moi: capitaine Haddock, professeur Tournesol, Tintin.

Enchanté!

Salut!

Rien de spécial, Colombani?

Rien, commandant. Pression atmosphérique constante, vent faible du sud-est, ciel nuageux: tout est normal...À tout à l'heure.

C'est nouveau navigateur. Autre tombé malade, à Téhéran...Hôpital, tout de suite...Remplacé par Colombani.

Pas très sympa, le gaillard!

Butor!

Ah! voilà patron de moi qui arrive. Monsieur Carreidas sera heureux rencontrer premiers hommes sur la Lune..

C'est donc ça, l'homme-qui-ne-rit-jamais!?!...

...Mais c'est un brave type quand même: il a pris le petit émigrant sous sa protection ... Bien, ça!

Monsieur Carreidas, permettez à moi de présenter amis de moi: capitaine Haddock, professeur Tournesol, Tintin. Eux premiers hommes sur la Lune, vous souvenez?...

Je...

Très honoré, monsieur Carreidas.

Hem!...Non!...Lui, monsieur Spalding, secrétaire de monsieur Carreidas... Lui, ici, monsieur Carreidas...

Non, sans blague!?!...

Je ne vous serre pas la main: c'est antihygiénique. Mais je crois, en effet, avoir déjà vaguement entendu parler de vous à propos de je ne sais plus quelle expédition.

Tiens?...

Vous permettez?... Il y a là quelque chose qui...

Et hop!

Çà alors?...Vous êtes...trespi... non...presgi... presgitidi... ta...ta...tataa...

TAAAH... AAAH...

HA HA HA

HAHAHA...presgititateur...

HI HI HOU HOU WHAA

Mais...ha!ha!... Mais j'y songe,c'est inouï,ça...Inouï... Ha!ha!...Inouï!...

Spalding!

Oui, monsieur Carreidas.

Vous avez remarqué?

Oui, monsieur Carreidas.

Des années que ce n'était plus arrivé.

En effet, monsieur Carreidas.

Il faut qu'on s'en souvienne!

Oui, monsieur Carreidas.

Commandez, Spalding!

Bien, monsieur Carreidas.

4

Prenez la "familiale", n'est-ce pas, Spalding ? C'est plus économique.

Bien, monsieur Carreidas.

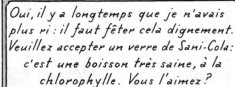

Oui, il y a longtemps que je n'avais plus ri : il faut fêter cela dignement. Veuillez accepter un verre de Sani-Cola : c'est une boisson très saine, à la chlorophylle. Vous l'aimez ?

Je... Je l'adore !

J'ai lu dans un journal que vous alliez assister à ce fameux congrès de Sydney. Non ?...

Au Japon ?... Non, non, nous allons au congrès de Sydney.

Ha ! ha ! ha !... Il est impayable !... Un véritable boute-en-train !

Sydney... Sydney... Mais, dans ce cas...

Dites-moi, capitaine, vous, un vieux marin, vous devez aimer le combat... le combat na... le combat na...

Le Combana ??...

Tchâââ

...val... Combat naval... Vous aimez ?

Je... euh... c'est-à-dire... euh... j'étais dans la marine marchande, vous comprenez ?... Mais, par contre, un de mes ancêtres, lui, semblait beaucoup apprécier ce genre de sport.

Non, non, je parle du jeu : le jeu du combat naval... Vous jouez ?

Euh... parfois... ça m'est arrivé, oui.

Spalding.

Oui, monsieur Carreidas.

Écoutez-moi bien.

Ces messieurs vont faire le voyage avec nous. Occupez-vous de faire annuler leurs billets et du transfert de leurs bagages dans notre appareil.

Mais, monsieur Carreidas...

Mais...

Pardon, mais...

Très juste !

Des objections, Spalding ?

Non, monsieur Carreidas, mais je pensais que...

Ne pensez pas, Spalding, et faites ce qu'on vous dit !

Bien, monsieur Carreidas.

C'est trop aimable à vous, monsieur Carreidas, mais vraiment nous ne voudrions pas...

Taratata !... À votre santé !

Patience ! Heure viendra qui tout payera !

DONG Les passagers du Vol Qantas n° 714, à destination de Sydney, sont priés de se présenter à l'exit n° 3.

Mais avant tout, avertir le chef !

Mais...nos bagages, monsieur Carreidas... Et nos places qui sont retenues...

Ne vous souciez pas de tout ça: Spalding s'en occupe.

Mais il y a encore Milou, qui est un passager fort remuant, et...

Milou... Remuant... mais au fait...

MILOU!

Disparu!... Il ne supporte pas la laisse... Regardez: il l'a rongée, le coquin!... Excusez-moi, je pars à sa recherche.

Où diable est-il allé se promener?...

Et pendant ce temps...

Allo, Walter?... C'est encore Spalding à l'appareil... Oui... Écoutez... Il faut avertir le chef: l'Enrhumé vient d'inviter trois types à bord...Des amis du pilote, paraît-il... Rencontrés par hasard... Alors, vous comprenez, rien ne va plus!

Trop tard, Spalding: tout le dispositif est en place... Et d'ailleurs, ce n'est pas pour trois bonshommes de plus que le chef va renoncer à son projet... Donc, exécution des ordres.

Mais, Walter, avec trois passagers de plus, l'affaire risque d'échouer. Et si...

Ah! tè voilà, chenapan! Allons, viens ici!

Flûte! de nouveau cette laisse!

Mais, Walter, écoutez!

CLAC

Je sais que tu détestes ça, mais c'est le règlement. Moi-même, tiens, de devoir t'attacher, cela me heurte.

?

!

Je...je ne vous avais pas vu...Je ...j'avais...euh... un coup de fil à donner...Un vague cousin...qui est établi à Djakarta...Mais, à présent, je vais régler la question de vos places et de vos bagages...

Pardon pour tout ce dérangement!

Oh! c'est avec le plus grand plaisir...À tout à l'heure!

À tout à l'heure!

DONG Dernier appel: les passagers du Vol Qantas n°714 à destination de Sydney sont priés de se rendre d'urgence à l'exit n°3.

Il m'espionnait, c'est certain!

Un cousin?... Il mentait, c'est sûr!

Et vous, professeur, êtes-vous aussi amateur de combat naval?

Du cheval?...Si j'ai fait du cheval?... Autrefois, oui. Et pas seulement du cheval!...Tel que vous me voyez, j'ai pratiqué presque tous les sports.

Le tennis, la natation, le football, le rugby, l'escrime, le patinage : tous les sports, je vous dis. Sans oublier les sports de combat: la lutte, la boxe anglaise et la boxe française, c'est-à-dire la savate.

La savate!?!...

Non, non, non : la savate...Ah!ils me font bien rire aujourd'hui avec leur judo et leur karaté....La savate, ça, au moins, c'était un vrai sport de combat!

Tenez, voici, par exemple, le coup de pied de figure : c'était ma grande spécialité... Attention! suivez bien le mouvement...

HOP!

BOUM

Oui, évidemment, j'ai un peu perdu l'habitude... Mais avec de l'entraînement, je suis sûr que cela reviendrait assez vite.

Quand donc cesserez-vous de faire le zouave?...

Ha!ha!ha! il est extraordinaire, votre ami!

Plaît-il?...

Je...Hem...Je disais ...Euh...Vous devriez être plus prudent, Tryphon!

Tout est en ordre, monsieur Carreidas. Nous pouvons partir.

Ah!enfin!... Ce n'est pas trop tôt!

?

Alors, capitaine, vous venez?

Oui, je...J'arrive.

Spalding a dit vrai: le bonhomme a pris trois passagers... Tant pis pour vous, mes gaillards!... Mais...mais...

...Mais, ma parole!c'est Tintin, là, à côté de lui!...

Et voici mon dernier-né: le Carreidas 160. C'est un triréacteur d'affaires pour quatre hommes d'équipage et dix passagers. À 12.000 mètres d'altitude, sa vitesse est de mach II, soit à peu près 2.000 km à l'heure. Ses turbo-réacteurs Rolls-Royce-Turboméca, spécialement créés pour lui, totalisent 8.400 kilos de poussée.

Il est magnifique!

WOUAH!

Mais ce qui en fait surtout un appareil d'avant-garde, c'est sa voilure qui...

Ah! voilà Gino, mon steward napolitain... Un message pour moi, Gino?

Si, Signor Commendatore, ouné commounication dé New York.

Ah! c'est Goldberg.

Allo! Ne coupez pas.

Montez à bord, messieurs. Gino, tu vas maintenant t'occuper de ces personnes.

Bene, Signor Commendatore.

Allo... Oui... Ah oui! la vente Parke-Bennet... Alors?... Trois Picasso, des Braque, des Renoir... Peuh!... J'en ai à ne plus savoir où les mettre!...

Vous dites?... Onassis est amateur?... Achetez, dans ce cas... Comment?... Tout, bien sûr!... Et à n'importe quel prix!

Vous connaître déjà navigateur Colombani... Voici Hans Boehm, nouveau radio de nous.

Enchanté!

Enchanté!

Tiens, tiens!...

Un nouveau, lui aussi?...

Oui... Qué nous n'avons pas eu dé chance, à cette voyage-ci... L'autre radio, il a été renversé par ouné camion-citerne à l'aéroport dé Singapour...

Ma qué, il signor Spalding il a tout dé souite trouvé ouné remplaçant... Perqué il est beaucoup intelligento, vous savez, il signor Spalding. C'est...

BROUM

? ?

Je... je me suis pris le pied dans le fil de ce... euh... du téléphone.

Vous vous rendez ridicule, Spalding... Ridicule.

Mais je... Oui, monsieur Carreidas.

Grotesque, Spalding.

Un véritable bouffon, voilà ce que vous êtes, Spalding... Ha! ha! ha! ha!... Hi! hi! hi!...

AAA AA

TCHAA

Tiens, tiens! j'y songe: ça fait la troisième fois que je ris aujourd'hui. Si ça continue, il faudra que je me fasse examiner par mon médecin.

Eh bien! messieurs, installez-vous et attachez vos ceintures: nous partons.

Moi, je prendrai ma place habituelle, Gino: à ma table de travail...

Compris, Signor Commendatore.

Je jurerais qu'il lui a fait un clin d'œil. Pourquoi?... Il se passe des choses bizarres, ici...

Et alors, capitaine, que diriez-vous d'une petite partie de combat naval?

Volontiers.

Votre Gastralgyl, Signor Commendatore... Et tout est prêt.

Bien.

Tour de contrôle de Kemajoran à Golf Tango Fox: vous êtes autorisé à vous aligner et à décoller...

Allo, allo, XB42... L'oiseau vole vers sa cage...

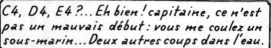
C4, D4, E4 ?... Eh bien ! capitaine, ce n'est pas un mauvais début : vous me coulez un sous-marin... Deux autres coups dans l'eau.

Ah ! bon...

Ça commence bien !... Une bonne pipe, là-dessus... J'espère que la fumée ne vous incommode pas ?

Pas question de fumer à bord, capitaine : je ne supporte pas l'odeur du tabac !

!

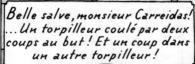
À mon tour, maintenant... Attendez... A4, B4 et... euh... C2.

Belle salve, monsieur Carreidas ! ... Un torpilleur coulé par deux coups au but ! Et un coup dans un autre torpilleur !

Bon, c'est à moi de jouer. Il s'agit de me rattraper ! Voyons... C5, D5, E5.

Pas de chance, capitaine : trois coups dans l'eau !... Et voici ma riposte... Vous inscrivez ?... A8, B8, C8.

Mille millions de mille sabords !

Encore un croiseur coulé par trois coups au but !... C'est de la sorcellerie !... Mais que pensez-vous de ceci : C6, D6, E6 ?...

Hélas pour vous, trois coups dans l'eau !... De la sorcellerie, dites-vous ?... Mais non, il faut être doué, voilà tout... À mon tour... Attendez que je me concentre...

À croire réellement qu'il voit dans mon jeu !... Et en plus de ça, il m'interdit de fumer !

Tiens, c'est curieux, on dirait que... Mais non, je ne rêve pas !...

Voici ma troisième salve : G1-G2-G3.

!

L'AILE !

L'aile?... Qu'est-ce qu'elle a, l'aile?...

Mais l'aile, quoi! ...Elle se détache, l'aile!

Une hiron-delle?... Où ça?...

"Elle se détache"!... Ha! ha! ha! ha! Hi! hi! hi! hi! Whaah!...Whaaah!...

Excusez-moi, mais je ne vois pas ce qu'il y a de si désopilant à se trouver dans un avion qui perd une de ses ailes en plein vol?

Je ne l'ai pas vue, l'hirondelle: ces aéro-planes vont tellement vite, de nos jours.

Nos ailes ne risquent rien, capitaine...Elles sont à géométrie variable, tout simplement.

Haha!... "Simplement"... Et c'est quoi, ça?

Eh bien! ces ailes sont pivotantes: le pilote les déploie au décollage et à l'atterrissage afin d'augmenter la por-tance. Il les replie à moitié pour passer le mur du son. Et en vol supersonique, il les rabat au maximum, comme c'est le cas pour le moment...Ne vous inquiétez donc pas!

Mais revenons au jeu... Que dites-vous de ma derniè-re salve, capitaine: G1, G2, G3?...

Mille tonnerres de Brest!...Trois coups dans mon cuirassé!... Vous avez une veine incroyable, vous!...

Question de flair, capitaine... De flair et de raisonnement ...À vous de parler!

Mais qu'a donc Spalding à s'agiter de cette façon?...

Et il consulte sa montre à tout ... bout de champ ... Bizarre!

E1, E2, E3.

Il se lève, à présent?

Trois coups dans l'eau!

Je vais jusqu'au poste de pilotage, monsieur Carreidas... Simplement voir si tout va bien.

Avez-vous fini de me déranger, Spalding? Vous voyez bien que je suis occupé, non?...

C'est à mon tour de jouer, capitaine.

Il se passe ici quelque chose de louche!...

Monsieur Carreidas m'envoie aux nouvelles : il veut connaître notre position.

Nous juste passer à la verticale du radio-phare de Mataram, dans île de Lombok. Nous piquer maintenant sur Sumbawa, Florès et Timor.

Bien.

Ah! commandant, j'oubliais : monsieur Carreidas désire vous parler.

Moi ?... Bon, je vais tout de suite.

Vous prendre les commandes deux minutes, Colombani.

O.K.

Allez-y, je vous rejoins.

G 6, H 6, I 6.

Encore occupé tricher, le patron!

Tonnerre de Brest! de nouveau dans le mille!...C'est extraordinaire!

Un croiseur coulé par trois coups au but!... À mon tour...euh... F 1, F 2, F 3.

Un coup dans un torpilleur, deux coups dans l'eau... Qu'est-ce que c'est ?...

Vous m'avez demandé, monsieur Carreidas?

Moi ?... Non... Pourquoi?

Mais c'est monsieur Spalding il vient de me dire que...

Spalding? Il est fou, ce garçon !

N'est-ce pas, monsieur Spalding, vous avoir dit que...

Allons, les mains en l'air, tout le monde !

SPALDING!?!

Que signifie cette stupide plaisanterie, Spalding ?...

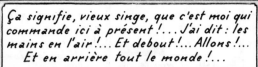

Ça signifie, vieux singe, que c'est moi qui commande ici à présent !... J'ai dit : les mains en l'air !... Et debout !... Allons !... Et en arrière tout le monde !...

Spalding, je...

Tout le monde ?...Tiens !on dirait qu'il manque quelqu'un...

C'est cela, jeune homme... euh... Tintin... Très bien !... Enlevez-lui cette arme !

Flûte !...

Bien essayé, mon petit ami !... Mais c'est raté !... Allez, avec les autres !... Et surtout, n'essayez pas de recommencer, je vous tiens à l'œil !

Bien joué, Spalding !

Ah ! vous voilà, Hans. Aidez-moi à les enfermer.

Spalding !... Je... Je vous... je vous cha... cha-a-a...

Qu'est-ce que c'est ? ...La police ?...

Mamma mia !

TCHAAA

Je vous chasse, Spalding !...

Je vous chasse, entendez-vous ?... Vous avez indigne- ment trahi la confiance que j'avais mise en vous !

Car en toi on peut avoir pleine confiance, n'est-ce pas, vieux schnoque ?... Quand, par exemple, tu emploies une petite TV pour gagner au combat naval !

Chut ! Spalding... Si- lence !... Pas un mot !

En arrière, tous !... Dans la kitchenette, et vite !... Et au premier geste suspect, je tire !

Spalding, vous êtes renvoyé !

Bon, les voilà sous clé... Et maintenant, la suite !

Ouvrez, Spalding!... Ouvrez, sinon je vous... euh... Spalding!...

Tricheur, va!

Je serais peut-être arrivé à le maîtriser, mais vous avez vu ce qui..

Mamma mia!

Spalding, misérable traître!

À qui le dites-vous!

À présent, prendre contact avec le contrôle de Macassar, histoire de les endormir.

Spalding!... Spal-di-ing!... Mon petit Spalding!... Allons, soyez un gentil garçon : ouvrez!

Macassar contrôle? Ici Golf Tango Fox. Nous sommes à hauteur de Sumbawa. Tout va bien à bord. Nous vous rappellerons avant d'entrer dans la zone de contrôle de Darwin. Terminé.

Bon! Et maintenant, le plus vite possible au ras des flots.

Nous descendons? ... Où allons-nous atterrir?

Ça, demandez aux bandits là-devant!

J'en ai les oreilles qui bourdonnent comme si j'avais un ventilateur dans la caboche.

Avalez, ça passera.

Avaler quoi?

Avalez, quoi!

Nous toujours descendre. Eux vouloir sans doute voler bas pour échapper radars.

Avaler?...

Oui, probablement.

Avaler?...

GLOUB

Eh, mais! ça y est : mes oreilles sont débouchées!

Nous devrions bientôt sortir de la crasse..

Kurang adjar! Apa tidah bissa djaga sajapoenja lajar! Apa gila!

Golf Tango Fox? Ici Macassar contrôle. Que se passe-t-il? Nous n'avons plus aucun contact radar avec vous. Donnez votre position. Over.

Allo, allo, Golf Tango Fox? Ici Macassar contrôle. Je répète: donnez votre position. Nous n'avons plus le contrôle radar. Allo, allo, Golf Tango Fox, répondez.

Ah, ah! compte là-dessus!

Mamma mia!

Pourquoi?

Un voyage d'agrément! Ha! ha! ha! Ce Spalding!

Nous changé cap.

Ah! Spalding, Spalding! Vous vous repentirez de m'avoir trahi!... Vous m'entendez, Spalding?... Mais répondez-moi au moins, Spalding!

Mais enfin, pourquoi cet acte de piraterie, d'après vous?

Sans doute une puissance étrangère ou une firme concurrente qui a voulu s'emparer de ce prototype.

Ou bien, tout simplement, a-t-on voulu vous enlever pour tirer de vous une grosse rançon.

Eh bien! ils n'auront rien! ...Pas un sou!... Rien!

Macassar contrôle à Darwin contrôle. Avons perdu contact avec Carreidas 160 Golf Tango Fox à destination de Sydney. Dernier contact radio à hauteur de Sumbawa. S'est-il signalé dans votre zone de contrôle?

Ils vont bientôt donner l'alerte et... Ah! voilà notre radio-phare à nous.

Allons, tout va bien!

Tout va bien?... Un bon conseil, l'Angliche: ne te réjouis pas trop vite... Tu n'es pas encore arrivé à destination, mon pote!...

Quoi?... Que voulez-vous dire?...

Ce que je veux dire ?... C'est que la piste sur laquelle nous devrons atterrir n'a pas le quart de la longueur qu'il faut à un zinc comme celui-ci. Et que nous avons neuf chances sur dix d'y laisser notre peau !

Et dix minutes plus tard.

Voici l'île de Pulau-pulau Bompa : c'est ici que nous sommes attendus.

Bon... Regrimper à mille pieds, réduire la vitesse, remettre les ailes en position d'approche, vider les réservoirs. Et puis, y aller !

Eux repris altitude. Eux vouloir sans doute atterrir... Oui, là, île... Et là, piste d'atterrissage... Mais eux fous ! Piste beaucoup trop courte !...

Leur dispositif est en place.

Oui, j'ai vu.

Ah ! Ils sortent le train : ils vont se poser.

Les aéro-freins, Hans !

Ce n'est pas bientôt fini, toutes ces secousses, espèce de pilote du dimanche de tonnerre de Brest ?

Eux sorti aéro-freins.

Tous assis, dos contre cloison avant et mains sur tête, vite !

Maintenant, Colombani, mon vieux, c'est quitte ou double !...

Vite, vite, le parachute !

CLAC

WOUAAAHW

Mamma mia!

Hé! mains sur tête, capitaine !

CRAC

Le parachute s'est déchiré !

Inverse les réacteurs !

WOUAHW

Et il y a des gens qui voyagent pour leur plaisir !

WOUAAHW

Freine!...Freine!...

Mais je suis à fond !

BANG

Le train avant a éclaté !

Malheur de malheur !

Si ça ne tient pas là-devant, nous sommes fichus !

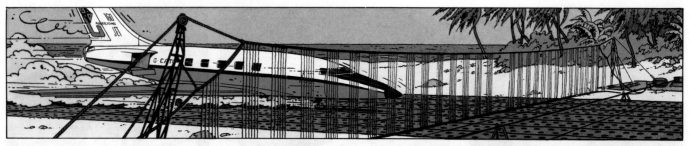

TACTAC
TACTACTAC

Bandits!...Assassins!...Lâchez-moi!...Lâchez-moi, je vous dis!

Tas de maladroits!... Vous rateriez un éléphant à trois mètres dans un corridor!... Qu'on poursuive ce cabot de malheur, et qu'on l'abatte!

Cette voix!?!

RASTAPOPOULOS!

Lui-même, cher!...

...et ravi de vous accueillir sur cette île!

Votre surprise fait plaisir à voir!...Ah! vous qui pensiez que ce pauvre Rastapopoulos avait été dévoré par les requins de la mer Rouge! ...Ha!ha!ha!

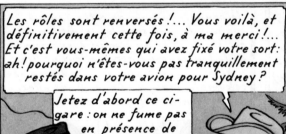

Les rôles sont renversés!... Vous voilà, et définitivement cette fois, à ma merci!... Et c'est vous-mêmes qui avez fixé votre sort: ah! pourquoi n'êtes-vous pas tranquillement restés dans votre avion pour Sydney?

Jetez d'abord ce cigare: on ne fume pas en présence de Laszlo Carreidas!

Jeter ce cigare? Mais comment donc!...Vos désirs sont des ordres, monsieur Carreidas!

Nous savions déjà que vous étiez une canaille, monsieur Rastapopoulos; il nous restait à apprendre que vous étiez aussi un malotru!

Bien dit!

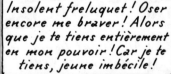

Insolent freluquet! Oser encore me braver! Alors que je te tiens entièrement en mon pouvoir! Car je te tiens, jeune imbécile!

Je te tiens!... Je vous tiens tous, et je vous écraserai comme...comme...

...comme j'écrase cette misérable araignée!

Flûte!

FDJRK

...Je...Hem...Vous... Enfin, bref, cette île sera votre tombeau!

Qu'on remette tout en état immédiatement, Allan!

O.K., boss.

Et voilà!...

Dans deux heures, toute trace de votre passage aura disparu...Et votre magot, monsieur Carreidas, votre magot sera à moi!

Quoi?!?

Oui, ça me gênait de ne plus être milliardaire!...Alors, plutôt que de me refaire une fortune, j'ai trouvé plus simple et plus rapide de prendre une partie de la vôtre.

Vous ê-   tes fou!

Non, je suis bien renseigné, voilà tout! Je sais, par exemple, que vous avez, dans une banque suisse, et sous une fausse identité (car vous trichez toujours), une somme assez fantastique...

Je connais le nom de cette banque; je connais le nom sous lequel votre compte est établi; j'ai de magnifiques spécimens de la fausse signature que vous utilisez... Il ne me manque plus que le numéro de ce compte; mais ce numéro, vous allez gentiment me le donner.

Jamais!

Il ne faut jamais dire "jamais", mon cher Carreidas!... N'est-ce pas, docteur Krollspell?...

Hé!hé!

Vous pouvez me torturer, m'arracher les ongles, me faire rôtir à petit feu ou me chatouiller la plante des pieds, je ne parlerai pas!

TACTACTAC   TACTACTAC

MILOU!

Ah!ils ont liquidé le chien, sans doute!

20

Vous êtes un lâche !...

C'est avec mon ami Carreidas que je cause, gamin, pas avec vous !

Qui donc a parlé de tortures, mon cher? Pour qui nous prenez-vous ?... Pour des sauvages ?... Fi ! quelle grossière erreur!... Sachez que le docteur Krollspell a mis au point un très efficace sérum de vérité, qui vous arrachera sans douleur le secret que vous vous refusez à nous livrer.

Un sérum de vérité !... Ah! forban !... Ah! monstre !... Ah! scélérat !... Ah! ...AAAH... AAAH...

AAAA

TCHAA

Mon chapeau !...

Hop là !

Emmenez-le, docteur Krollspell. Et préparez tout ce qu'il faut: je vous rejoins dans quelques instants.

Mon chapeau !... Mon chapeau !...

Allons, par ici !

Rendez-lui son chapeau à ce pauvre bougre, bande d'ectoplasmes de tonnerre de Brest !... Cet homme risque l'insolation !

Mon chapeau !...

Il risque l'insolation, hein? ...Mais, au fait, toi aussi tu es nu-tête ...

Ne t'occupe pas de moi !

Mais si, mais si, il vaut mieux te couvrir, crois-moi.

?!

Mille milliards de ...

Ha!ha!

Ha!ha!

Va-nu-pieds !... Ravachols !... Satrapes !... Phlébotomes !...

Allons, assez ri maintenant: conduis-les au "frigo" !

O.K.

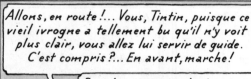

Allons, en route!...Vous, Tintin, puisque ce vieil ivrogne a tellement bu qu'il n'y voit plus clair, vous allez lui servir de guide. C'est compris?...En avant, marche!

Rira bien qui rira le dernier, moule à gaufres!

Nous allons grimper: mettez-vous en file indienne. Allez-y, Tintin! À vous de diriger ce vieux cachalot!

À gauche, capitaine...

À droite...Un peu plus à droite...Voilà...

À gauche, cette fois...

Tout droit, à présent...

Attention! à gauche, maintenant...

GRMBLLL

À gauche. À gauche, capitaine!...

À GAUCHE!!...

À GAUCHE!!!...

L'AUTRE GAU-CHE, CAP...

BÔÔÔNG

Mille milliards de mille sabords! ...Ah! çà, si jamais tu me tombes entre les mains, Allan, je te jure que je te ferai avaler ta casquette, visière comprise!

Ha! ha! ha!

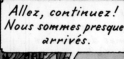

Allez, continuez! Nous sommes presque arrivés.

Donnez-vous donc la peine d'entrer, messieurs!

Vous voilà "at home": un vieux bunker japonais dont vous ne sortirez que lorsque Carreidas aura parlé.

Et après, quoi vous faire de nous?

Je ne devrais pas encore vous le dire, mais, bah! je ne veux pas faire de cachotteries à de vieux amis comme vous... Eh bien! vous reprendrez place dans l'avion...qui sera remorqué au large et coulé...avec vous dedans, bien entendu!...Ha! ha! ha!

CLANGGG

Vipère!

Canaille!... Ophicléide!...

Ha!ha!ha.

Bandit!... Catachrèse!... Bachi-bouzouk!... Vampire!... Apache!...

Calmez-vous, capitaine!... Et venez: je vais essayer de vous débarrasser de ce chapeau.

'irez, main'nant, 'irez, 'a'i'aine!

Puis-je vous être utile à quelque chose mes amis?...

Là!

Mille milliards de mille sabords! Je... Oh! pardon!

HA!HA!HA!HA!...Elle est bien bonne, celle-là!

C'est malin!... Ah!ça, c'est malin!... Oh!oui, c'est malin!

Chut!...Taisez-vous!

Quoi?... Qu'est-ce que c'est?...

C'est vraiment très spirituel!

Non, rien... Je me suis trompé...Je...j'avais cru entendre aboyer Milou...

Mon Dieu, c'est vrai, ce pauvre Milou!

Je dis que c'est malin, voilà ce que je dis!

Mais soyez tranquille, Tintin! Si nous sortons d'ici, nous leur ferons payer cher leur lâcheté, à ces pirates, à ces...

Hélas! capitaine, ce n'est pas ça qui nous rendra ce pauvre petit Milou!

Je...hem...bien sûr...Je...euh...

Et d'ailleurs, nous-mêmes, nous sommes des condamnés en sursis, jusqu'au moment où Carreidas aura parlé... Mais parlera-t-il?...

Il parlera, monsieur Rastapopoulos, Il parlera, je vous assure!

Je l'espère pour vous, docteur Krollspell!

Jamais!... Et d'abord, rendez-moi mon chapeau!

Allons, ne vous énervez pas!

NON! NON! NON!

AÏÏE!

Faites vite, docteur, je déteste voir souffrir!

J'ai fini, monsieur : vous pouvez l'interroger.

Bandits!... Lâches!... Fripouilles!...

Assassins!... Assassa... Assaa...Aaah ...Aahaah...

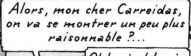

Alors, mon cher Carreidas, on va se montrer un peu plus raisonnable?...

Oh! oui, oh! oui, certainement!

Écoutez-moi bien: vous savez que je connais le nom de la banque suisse où vous avez déposé plus de deux millions de dollars. Je connais aussi, par votre dévoué Spalding, le nom que vous utilisez pour correspondre avec cette banque. Il m'a également communiqué d'excellents spécimens de votre fausse signature. Mais vous êtes toujours parvenu à lui cacher votre numéro de compte: ce numéro que vous allez me donner, n'est-ce pas?...

Oh! oui, oh! oui...

Oh! oui, il y a longtemps que j'avais envie de soulager ma conscience; je vais tout vous a...

TCHAA

À vos souhaits!

Hé! hé!

Merci...vous avouer...Heu...Douze, neuf, dix-neuf, zéro, trois...Oui, c'est bien ça.

12-9-19-03 ?...Tel est donc bien le numéro de votre compte en banque?...

Une banque?... Non, non, non : un magasin de fruits et légumes. C'est à l'étalage de ce magasin, le 12 septembre 1903 -j'avais quatre ans- que j'ai volé pour la première fois de ma vie: c'était une poire. Je m'en souviens comme si c'était hier.

Mais qu'est-ce que vous me chantez là?

La vérité, hélas! monsieur...

La triste vérité... Et ça ne faisait que commencer!... C'est malheureux à dire, mais c'est comme ça!...

Six mois plus tard, j'ai volé une bague à ma mère. Et j'ai laissé accuser Odile, la servante.

Et alors, docteur Krollspell?...

Je ne comprends pas... C'est la première fois que ça se produit!...

Pauvre Odile!...Elle a eu beau nier, on l'a chassée ignominieusement... Et moi, je ricanais sous cape! ...Car j'étais déjà un véritable génie du Mal!

La dose n'a sans doute pas été assez forte: je vais lui faire une autre piqûre.

Ah! bon.

Ainsi, depuis ma plus tendre enfance, je n'ai pas cessé de faire du tort à mon prochain. C'est incroyable, non?...

Voilà-à-àà...

Et qui va maintenant donner son numéro de compte à son vieil ami Rastapopoulos, hein?...

C'est moi! C'est moi!

327.50...

327.50? Parfait, mon cher Carreidas: c'est tout ce que je voulais savoir.

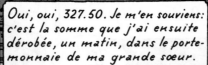

Oui, oui, 327.50. Je m'en souviens: c'est la somme que j'ai ensuite dérobée, un matin, dans le portemonnaie de ma grande sœur.

Vous vous moquez de moi, oui?

Croyez-moi, mon cher monsieur: c'est vraiment le fond de ma nature qui est mauvais. Tenez, un autre exemple...

Le numéro de votre compte!... Allez-vous me le dire, à la fin?

Je suis tellement tricheur que, dans mon avion, j'ai fait installer un circuit de télévision qui me permet de voir dans le jeu de mon adversaire....Si ce n'est pas malheureux, à mon âge!

Je m'en fiche! Je m'en fiche! Je m'en fiche!

Vous avez tort! C'est très instructif, l'histoire d'un malhonnête...d'un malhonn...malhonn ...rhrhrhrhrh...

Et le voilà endormi!... Ah! c'est une réussite, votre sérum, docteur Krollspell, une brillante réussite!...

Pendant ce temps-là...

Si jamais nous sortons vivants de cette aventure, je promets de ne plus boire de whisky...

...pendant au moins quinze... non, huit... non, disons, trois jours!...Voilà, c'est promis!

Chut!... Écoutez!...Silence!

Mais je ne dis rien, moi!

Pourquoi a-t-on crié ?... Répondez !...

Le voilà !... Il a compris !...

OUCH ?

AÏEÏH

C'est le moment ! ...HOP !

PAF

PAF !... Bien, ça !

Joli crochet gauche !

PAF

Re-PAF !... Bravo !

Très joli crochet droit pour autre !

À présent, avant tout, débarrasser Tournesol de ce chapeau !

Beau travail, hein, les enfants !...

Ma qué, ce n'était pas oune plaisanterie !

Je ne dis pas le contraire, mais c'était une plaisanterie stupide !

Et maintenant, il s'agit de délivrer ce pauvre milliardaire.

Pauvre milliardaire !... Vous en avez de bonnes, vous !...

Et d'ailleurs, comment le retrouver, ce bougre de zouave ?...

Grâce à son chapeau !

Grâce à son chapeau ?...

Oui... où est-il ?...Ah ! le voilà !

Flaire, Milou, flaire bien !

Sniff, sniff... Ça me rappelle quelqu'un, ça...

Allons, cherche !

Cherche bien !

Je...euh... cette fois, ça doit marcher, monsieur Rastapopoulos...J'ai mis double dose... Je...je réussirai...

Je vous le conseille vivement, docteur !

RRRRR

RRRRR

RRRRR

Vous avez porté ce chapeau, capitaine: voilà pourquoi Milou se trompe d'adresse!...

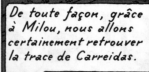

De toute façon, grâce à Milou, nous allons certainement retrouver la trace de Carreidas.

C'est possible... Mais quant à le délivrer, ça....!!!

Voici ce que je propose: le capitaine et moi, nous allons partir à la recherche de Carreidas. Vous, Szut, avec le professeur, Gino et les prisonniers, vous vous cacherez quelque part dans les environs de ce bunker, et vous attendrez notre retour... Est-ce que tout le monde est d'accord?...

Je trouve très bon plan, Tintin. Moi aurais préféré aller avec vous... mais d'accord de rester avec amis et prisonniers.

Eh bien! dans ce cas, en route!

Vous venez, professeur?

Inouï!... Incroyable!... Jamais vu ça!...

Venez vite: le temps presse!

Ah! vous l'avez remarqué, vous aussi?... Les plus fortes oscillations que mon pendule ait jamais enregistrées!

C'est extraordinaire!... Regardez!...Non mais, regardez!... C'est la première fois que je vois ça!...

Et quelques minutes plus tard.

Voilà l'endroit idéal pour vous dissimuler. Surtout, ne faites pas de bruit. Surveillez bien les prisonniers. Si tout marche bien, nous nous retrouverons ici.

Au revoir, Tintin! Au revoir et bonne chance!

Bonne chance à vous aussi, Szut!

Curieuse impression!... Comme...

...celle d'une présence invisible autour de nous... Il s'agit d'ouvrir l'œil!

CRSCH ?

CAPITAINE?...

CAPITAINE?...

CAPITAINE, OÙ ÊTES-VOUS?...

Mille milliards de mille sabords!

Où...où êtes-vous?

Ici!

Ah! çà, d'où sortez-vous?

Je n'en sais rien!... J'ai voulu enjamber ces racines...et crac! je suis passé à travers.

Et le plus curieux, c'est que j'ai atterri sur quelque chose de dur et de lisse... On aurait dit une dalle ou un truc de ce genre...

Venez, capitaine: nous verrons ça plus tard...si on nous en laisse l'occasion!...

Pas trop vite, Milou!

Oh!... Venez voir... Doucement...

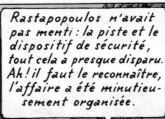

Rastapopoulos n'avait pas menti: la piste et le dispositif de sécurité, tout cela a presque disparu. Ah! il faut le reconnaître, l'affaire a été minutieusement organisée.

Je n'ai pas vu l'avion: ils ont dû le camoufler.

Oui, sans doute.

Nous ne devons pas être très loin du but: voyez comme Milou s'agite...

Là! Regardez! Un autre bunker... gardé par deux sentinelles. C'est là que doit se trouver Carreidas!

Voivoi...voivoivoilà...Il...se...se réveille!...Il va pppa...il va pppapa...paparler...

Ils sont sans méfiance...Bon, voilà ce que nous allons faire...

Kita di rumah biassa tambah sedikit sambal ulek...

Itu bukan djelek, tentu lebih enak tetapi...

Chû-û-ût!... ou bien : pan-pan!... Compris?

Compris, hein?... Silence, ou...

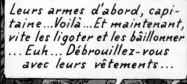

Leurs armes d'abord, capitaine...Voilà...Et maintenant, vite les ligoter et les bâillonner...Euh... Débrouillez-vous avec leurs vêtements...

Excuse-moi de te ficeler ainsi, mon gars, mais un marin, tu sais, ça adore faire des noeuds!

Et alors, vieux sapajou, ça va mieux?

Vas-tu enfin te décider?... Ou faudra-t-il employer les grands moyens?...Vas-tu parler, canaille?...

C'est bien vrai, allez, que je suis une canaille!...On ne le dira jamais assez!...Et pourtant, ce ne sont pas les bons exemples qui m'ont manqué dans ma jeunesse... Ainsi, tenez, mon grand-père maternel, pour ne parler que de lui...

... mon grand-père, n'est-ce pas, qui n'était pourtant qu'un humble sucreur de rahat-lokum à Erzeroum, eh bien! il ne cessait de me dire: Laszlo, disait-il, souviens-toi que chameau mal acquis ne profite jamais...

Tout ça, c'est votre faute, espèce de médicastre!...Mais vous le payerez cher!...

AÏE!

Stupide animal!... Vous m'avez piqué avec votre satanée seringue!

Euh...je...je suis navré...je...

La...la seringue...Elle était vide, au moins?... Dites, docteur, elle était vide, n'est-ce pas?...

Heu-heu... ou-oui...

Elle était... Elle était pratiquement vide, oui...Dites, vous n'avez pas mal?...

Moi, mal?...Moi, mal? ...Moi, mal?...

Mal?..Mal?..Parfaitement, je suis le génie du Mal: voilà ce que je suis....Je voudrais bien voir qui oserait prétendre le contraire!

Pardon, le génie du Mal, c'est moi!...Et d'ailleurs, je suis plus riche que vous!

Possible, mais moi, j'ai ruiné mes trois frères et mes deux sœurs, après avoir mis mes parents sur la paille ...Qu'en dites-vous, hein?

Boh! ce n'est rien, ça!... Moi, j'ai tellement fait souffrir ma grand-tante qu'elle est morte de chagrin.

Admettons...Mais avouez que pour avoir imaginé et mis au point votre enlèvement, il faut être à la fois très malin et totalement dénué de scrupules.

Ainsi, docteur, je vous avais promis 40.000 dollars si vous m'aidiez à obtenir le numéro de compte de Carreidas... Eh bien! de toute manière, j'avais décidé de vous supprimer, après... Est-ce machiavélique, ça, oui ou non?...

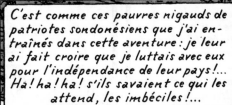

C'est comme ces pauvres nigauds de patriotes sondonésiens que j'ai entraînés dans cette aventure: je leur ai fait croire que je luttais avec eux pour l'indépendance de leur pays!... Ha!ha!ha! s'ils savaient ce qui les attend, les imbéciles!...

Leurs jonques sont déjà minées et ils sauteront tous avec elles avant d'avoir revu leur patrie!

Quel monstre!...

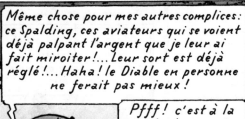

Même chose pour mes autres complices: ce Spalding, ces aviateurs qui se voient déjà palpant l'argent que je leur ai fait miroiter!... Leur sort est déjà réglé!...Haha! le Diable en personne ne ferait pas mieux!

Pfff! c'est à la portée du premier venu, tout ça!

En voilà assez, à la fin!...Oui ou non, allez-vous reconnaître que je suis plus mauvais que vous?...

Jamais!...Jamais, vous m'entendez!...Je préfère mourir, na!

Eh bien! tu vas mourir puisque ça te fait plaisir!

Vite!...Il est temps d'intervenir!

Quand on se prétend le génie du Mal, môssieu, on répond aux gens et on leur cloue le bec !... Et d'ailleurs...

MBLLL

De grâce, monsieur Carreidas, nous sommes en danger et...

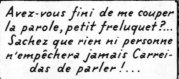

Avez-vous fini de me couper la parole, petit freluquet ?... Sachez que rien ni personne n'empêchera jamais Carreidas de parler !...

Quoi ?... Comment ?...

MBLL MMBBB MMBLL BBMLBBMLLL

Rien ni personne, hein ?...

Ah ! son chapeau !... Ça c'est gentil, Milou !... Voilà qui va peut-être un peu calmer notre homme...

Et si vous étiez plus sage, on ne serait pas forcé de vous traiter ainsi, monsieur Carreidas.

MBLLL

Bon, assez perdu de temps !... Allons-y !... Je vais voir si la voie est libre.

C'est ça, c'est ça, je viens...

O.K !... Rien en vue : vous pouvez venir.

J'arrive, j'arrive...

Eh bien, capitaine ?... Vous venez, oui ou non ?..

Je viens, je viens...

Vous venez, vous venez ! ... Mais c'est aujourd'hui ou demain, dites ?...

Excusez-moi...Je... j'ai eu des ennuis avec un bout de sparadrap... Vous voyez ce que je veux dire...Mais j'ai réussi à m'en débarrasser...

Bon. Allons-y, maintenant !

Laissons ici ces deux Sondonésiens : nous aurons déjà assez de mal avec les trois autres lascars... En route !

En route !

Et espérons que nous ne ferons pas de mauvaise rencontre !

PAN

PiOUOUOU

TACATACATAC

Stop!... Ne gaspillons pas nos munitions... Nous en aurons besoin bientôt, je le crains ...

Bandit!

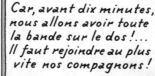

Car, avant dix minutes, nous allons avoir toute la bande sur le dos!... Il faut rejoindre au plus vite nos compagnons!

Bon, on y va!

MMBLLL

Ù?? Ù Ù !?

BLMMBL

Mais... Mais qu'est-ce que je fais ici?... Que s'est-il passé?...

Comment se fait-il que je sois entravé et bâillonné?... Qui donc a osé?... Mais, tonnerre! je suis prisonnier à mon tour!!!...

TRIIIIIIT TRIIIIIIIT

Des coups de sifflet...Ça, c'est Allan qui rassemble ses hommes pour les lancer à nos trousses!

Allan à leurs trousses?... Rien n'est perdu!...

Plus vite là-devant, capitaine!

Il faut que j'arrive à retarder notre marche!...Et c'est tout simple!...

Il est tombé comme une masse, et... Sapristi! il a perdu connaissance!

Tonnerre de Brest!

Que décidons-nous, capitaine?... L'abandonner?... C'est un otage bien trop précieux!

Évidemment!

Et quant à le transporter, pas question: nous serions immédiatement rejoints.

Attendez... Il y a peut-être une troisième solution.

Ah! voilà ce qu'il me faut!...

Qu'allez-vous faire?...

CRAC

?

Ce que je vais faire?... M'assurer qu'il a réellement perdu connaissance.

Quoi?... Avec cette épine?...

?????....

MMMM

Vous voyez?... Une toute petite piqûre à une place judicieusement choisie ...Le résultat est garanti!

Nous devons être près de l'endroit où nous avons laissé nos amis.

CRAC

?

Qu'est-ce que c'est que ça?!?...

Un varan!...

Qu'est-ce qu'il fabrique ici, cette espèce de diplodocus sorti tout droit de la Préhistoire!...

MMMMMMMM

MMMMMMMM

MMM   MMM

MMMMMMMM

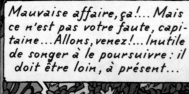

!?!

HÉ! BOSS!...

Allan!... Sauvé!...

PONGG

Et pendant ce temps-là.

Moi, je me méfie... Je crois que vous avez tort de faire confiance à ce docteur.

C'est risqué, évidemment...

BLMMBM... MBMMBL...

...mais maintenant qu'il est fixé sur le sort que lui réservait son patron, il a autant d'intérêt que nous à ne pas retomber entre ses mains... Vous avez vu comme il nous a aidés?

Oui...Bon... Mais...

AAAIIE!

!

C'est... c'est affreux!... Quel cri épouvantable!...

Çà oui!... J'en ai encore la chair de poule!...

AIIE!

Courage, boss, c'est presque fini!

AIIE!

Je me demande...On aurait dit la voix de Rastapopoulos...

De quelqu'un, en tout cas, qui n'était pas à la fête!

Qu'est-ce que tu attends pour les poursuivre, heïn?...Et n'oublie pas que Carreidas et Krollspell, il me les faut vivants!... Tous les deux!...

Bien, boss!... Entendu, boss!...

Et cesse de parler de bosses, imbécile!

Allons, les gars, finissons-en avec ces ennemis de votre Patrie!...

Les voilà !... Attention !... Pas de bruit !... Il ne faut pas que...

Wouah ! Wouah ! Wouah ! Wouah !

Ils sont là !... Je les vois !... Filez avec les autres, capitaine !

Mais je...

Allez-y !... Je les tiendrai en respect...

Wouah ! Wouah !

PAN PAN

CLAC

PIOUUUW

CLAC

PIOUUUW

À mon tour, mes gaillards ! ...Une rafale à droite...

TACATACATAC

Une rafale à gauche...

TACATACATAC

Et décrocher vivement pendant qu'ils me croient toujours là !

Mais quoi !... Qu'est-ce qui m'arrive ?... On dirait qu'une voix me parle, à l'intérieur de moi-même...

Plus haut ?... À gauche ?... Sous un gros rocher plat ?... Bon, bon, j'obéis...

À mon tour de vous couvrir, je...

Non, non, venez !... Je sais où nous allons trouver refuge.

Un refuge ?... Où ça, un refuge ?... Qu'est-ce que...

Je ne sais pas... Mais il doit y avoir un gros rocher plat, là-haut... Suivez-moi !... Vite, par ici !...

Un gros rocher plat ?... Ah ! çà, comment le savez-vous ?...

Allons !... Plus vite ! ...Pressez-vous !...

Nous devons y être !... C'est sûrement là, derrière ces broussailles...

?

!

Allez-y, docteur, vite !... Attention ! il doit y avoir une dizaine de marches...

Mais comment savez-vous ça, vous ?...

Oui, je vois.

Vous y êtes ?... Bon, voici Carreidas; tenez-le fermement, qu'il ne tombe pas.

MBLLL

À vous, capitaine !... Vite ! Il ne faut surtout pas qu'ils nous voient entrer là-dedans !...

Mais allez-vous enfin me dire où vous nous menez ?...

Je n'en sais rien moi-même !... Mais c'est notre unique chance de salut ... De grâce, décidez-vous !

C'est bien, on y va !

Pouah !... Fichez-moi le camp, sales bêtes !...

Voyons, capitaine, venez !... Vous n'allez pas capituler devant des chauves-souris !

Au nom du ciel, capitaine, suivez-moi !

Au milieu de ces volatiles de malheur ?!... Ah ! non, ça, jamais !

PAN
PAN
Piouuouw
Piouuouw

PAN
Piouuouw

Ha ! ha ! les voilà pris au piège, ces gros malins !...

Hello ! c'est Allan qui vous parle, ici... Écoutez... Un bon conseil : sortez de là avant que je me fâche et que je vous balance une grenade !...

Pas de réponse ?... C'est bien : vous l'aurez voulu !... Tant pis pour vous !

Le temps de le dégoupiller, ce petit ananas...

...et je vous l'expédie ...Une... deux... et...

...tr...

Quelle gaffe j'allais faire!... Le patron qui veut Carreidas et le docteur vivants!... Eh bien, il m'aurait félicité, le boss!...

Qu'est-ce que je vais faire de cette grenade, à présent?...

Vite! vite! mettez-vous tous à l'abri... Je vais la lancer le plus loin possible.

Ouf!... Eh bien! je peux dire que j'ai eu chaud!

WHAM

Voilà, c'est fini!... Il n'y a plus de danger.

Quel est le sinistre imbécile qui a eu l'idée géniale de lancer une grenade?!?...

Je parie que c'est toi, espèce de crétin!... Sombre abruti!... Parfait idiot!...

Triple buse!... Et nos prisonniers, hein? ...Nos prisonniers, où sont-ils?...

Là...là... dans ce trou... là...là...

Dans ce troulala! Dans ce troulala!... Et qu'est-ce que tu attends pour les en déloger, de ce troulala? ...Hein? qu'est-ce que tu attends?...

Et alors?... Qu'est-ce que vous attendez pour descendre là-dedans et pour les en faire sortir?... Non mais! qu'est-ce que vous attendez?...

Brenti!...Stop!...Brenti la!...

Et alors, quoi?...On avance, oui ou non?...

Disana... Diatas batu karang... Lihatlah tanda dewa2 terbang ini diatas kereta2 berapi.

Saja.

Itu betul.

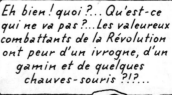

Eh bien! quoi?...Qu'est-ce qui ne va pas?...Les valeureux combattants de la Révolution ont peur d'un ivrogne, d'un gamin et de quelques chauves-souris?!?...

Ce n'est pas ça, mister Allan... Mais on ne peut pas entrer dans ce souterrain!...C'est interdit, mister Allan!...Tu vois ce signe, là? ...C'est celui des dieux qui sont venus du ciel sur leurs chars de feu!...Si nous entrions, le châtiment serait terrible!...

QUOI?!...

QUOI?!...Qu'est-ce que vous me chantez là?...Vous refusez d'obéir?...Ça va vous coûter cher, bande de froussards!...

Non, patron!...Calmez-vous, de grâce!...Nous avons encore besoin d'eux...Et rappelez-vous leur frayeur, déjà hier soir, quand ils ont vu cette lueur bizarre... Laissez-moi faire.

Bon, ça va!...Euh! toi, retourne vite à la plage et dis aux deux aviateurs de venir nous rejoindre immédiatement.

Bien, mister Allan.

Qu'ils apportent des lampes-torches, des cordes, et naturellement des armes. Tu as compris?...

Oui, mister Allan.

Et tu leur diras de ne pas traîner!

Bien!

Parfait!...Et maintenant, c'est à toi que je parle, capitaine Boit-sans-soif, à toi et à ton espèce d'enfant de chœur!... Si vous ne sortez pas bien gentiment de votre terrier, les mains en l'air...

...c'est les pieds devant que vous en sortirez!

Nos hommes ne vont pas tarder, bo...Heu! parton, pradon... Heu! pardon, patron!...Une cigarette en les attendant ?...

Mouais!

CRAC

Qu'est-ce que....?...

Oh! un...truc, un...chose, un...un nasique! C'est ça, un nasique   !...

Ha!ha!... Regardez-le détaler comme un lapin!

Quel pif!... Non mais, quel pif!... Vous avez vu ce pif, patron?...

Il me rappelle vaguement quelqu'un ... Mais qui ?...

Pendant ce temps-là.

Tiens! voilà un de nos types qui revient...

Le grand chef a besoin de vous : vous devez le rejoindre immédiatement.

Ah! çà, qu'est-ce qui se passe encore ?...

Tout devrait être terminé depuis longtemps, et l'avion coulé au fond de la mer!... Nous allons finir par être repérés, ici!...Ah! voilà les informa-   tions...

... toujours sans nouvelles de l'avion du milliardaire, dont on a perdu la trace entre Macassar et Darwin. La nuit qui tombe va interrompre les recherches. Elles seront reprises demain à l'aube et...

Bon, ça nous donne encore quelques heures de répit. Allons-y, les gars!

Ah! non, ce n'est pas pour ça qu'on est ici, nous!

Suffit, Spalding! On y va!

Allez-vous me dire dans quelle caverne de brigands nous sommes ici, mille millions de sabords ?!...

Eh bien! capitaine, je parierais que c'est le souterrain au-dessus duquel nous nous trouvions quand vous êtes tombé sur cette espèce de dalle.

Possible... mais comment y voit-on aussi clair ? ...Normalement, il devrait faire plus noir qu'à l'intérieur d'un cachalot!

C'est bizarre, en effet... Ça ne vous rappelle pas l'étrange lumière du Temple du Soleil ?...

Mais je crois que nous sommes presque à destination... Oui, c'est bien la statue qui m'a été décrite...

Car "les voix" de Monsieur ont décrit cette statue à Monsieur, naturellement !...Est-ce que, par hasard, "les voix" de Monsieur lui ont également donné la raison de la chaleur qui règne dans ces caves ?... On se croirait au bain turc, ici !

Je ne sais pas... Il y a peut-être une source d'eau chaude à proximité...

Pourquoi pas une source de café au lait ?

Ou de la lave: nous ne sommes pas loin d'un volcan. Permettez ?...

L'œil ?... Appuyer fort sur l'œil ?... Celui-là, à droite ?... Bien !

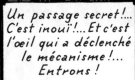

Un passage secret !... C'est inouï !...Et c'est l'œil qui a déclenché le mécanisme !... Entrons !

Là-dedans? Mais...

Allez-y, capitaine... Je passerai le dernier... Et je remettrai la statue en place.

CLAC

J'ai verrouillé comme "on" m'a dit de le faire. Nous voici donc en sécurité, si j'ai bien compris les instructions de ce que vous appelez ironiquement "mes voix".

Vos voix!!!

MMBL

Vos voix par-ci, vos voix par-là!...Ah! non, j'en ai plein le dos de ces calembredaines!... La plaisanterie a assez duré, mille sabords! ...Dites-moi comment vous connaissez l'existence de ce temple: voilà ce que je veux savoir, moi, tonnerre de tonnerre de Brest!

Mais je...

MMLB

Coco...comment? Quoi?... Allo, qui parle?...Que dites-vous?...Ne pas crier si fort?...Bon...Bien ...Bien...Bien...

C'est...Je... C'est inouï!...Je... Vous ne pouvez pas imaginer ce qui...C'est...c'est comme si on m'avait parlé au téléphone, mais à l'intérieur de ma tête!...Si, si, si, ne riez pas, c'est comme je vous le dis, et...

PAW
PAW
PAW

Chut!... Écoutez!

PAW
PAW

Des pas!...

PAW
PAW
PAW

Oui!

Là!...Quelqu'un!..

!

Vous vous rendez compte?... Comme s'il y avait un haut-parleur dans ma caboche!...C'est à n'y rien comprendre!

Fan-tas-tique!

Tournesol!

Professeur!... Vous, ici!... Mais, d'où sortez-vous?...Et les autres?...

Eh bien! est-ce que j'avais raison, oui ou non, hein?...

Vous ne me croyez pas encore?...Vous êtes toujours aussi sceptique?...

Non, non, non, professeur, mais...

Ah?...Eh bien, c'est très simple: vous allez vous informer auprès de ce monsieur, là-bas!...

?

?

Bonjourr, messieurs! Trrès heurreux vous accueillirr ici !

Mon nom : Mik Ezdanitoff. C'est moi qui ai guidé vous.

Le célèbre Ezdanitoff de la revue "Comète"?...

Guidé ?...

Bien sûrr !... Vous voyez, là, petit apparreil à gauche, et là, mini-antenne ?...

C'est pour quoi faire, ce bidule ?...

Eh bien! c'est trransmetteurr de pensée... Ha! ha! je sais, télépathie est encorre phénomène peu étudié parr science... humaine, mais pourr autre science, trransmission de pensée est chose courrante depuis longtemps.

Pour l'autre science ?... Quelle autre science ?...

Quelle autre science ?... Mais science ...euh... extra-terrrestrre...

Vous n'allez tout de même pas essayer de nous faire croire que vous...

Moi ?... Non, non, non, non, je suis êtrre humain comme vous...

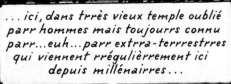

Seulement, moi initié je suis. C'est dirre, avec quelques autrres hommes, je serrs agent liaison entrre terre et... euh... autre planète... Mon rrôle, c'est tenirr extra-terrrestrres au courrant activités humaines dans tous domaines... Comprrenez-vous ?... Et je rrencontre eux une ou deux fois parr année...

... ici, dans trrès vieux temple oublié parr hommes mais toujourrs connu parr... euh... parr extra-terrrestrres qui viennent rrégulièrrement ici depuis millénairres...

Non, non et non ! ça suffit comme ça !... Ce sont des contes à dormir debout !... Et moi, je ne marche pas : tenez-le vous pour dit !

Je... bonbonbon... Je... je ne dirai plus rien... Pardon ?... Non, non, je ne vous interromprai plus...

Bien, je rreprrends... Engin spatial a déposé moi ici hierr soirr. Et ce matin, j'ai constaté grrand rremue-ménage surr île, générralement déserrte. J'ai vu tous prréparratifs, puis j'ai vu arrriver avion. Alorrs j'ai comprris que trraquenarrd était prréparré...

AAAAH

Plus moyen de le tenir!... Il est enragé!... Il m'a donné un coup de pied dans les tibias!...

MBBBLMM

C'est vrai, peut-être pourrait-on le libérer... Pensez-vous qu'il soit encore sous l'influence de votre...euh...sérum?...

Non, ses effets doivent être dissipés à présent.

MBLLLB

AAAÏE

Ah! vous allez tous me payer cher les avanies que vous m'avez fait subir!... Et d'abord, mon chapeau!...Tout de suite!... Je veux mon chapeau!...Qu'on me rende mon chapeau!...

Pourrquoi grrande colèrre?...

Je vais vous expliquer.

Qu'on aille me chercher mon chapeau!... Immédiatement!...Un Bross et Clackwell d'avant-guerre, jeune homme!...Irremplaçable!... Mon chapeau, je vous dis!

Mais...

...et c'est pour le sauver malgré lui que nous avons dû le bâillonner et le ligoter ainsi.

Il agace moi. Je vais calmer lui.

Regarrdez-moi bien en face!

Quoi?... C'est à moi que vous parlez sur ce ton?...Vous ignorez donc qui je suis, hein?!...

Le voilà, chapeau. Et maintenant, vous, bien trranquille!

Oh! merci... Oh! merci, merci!

Mon beau Bross et Clackwell!... Oh! tout sale!...Mais heureusement, ce n'est que de la poussière!

Ah! je suis heureux de l'avoir retrouvé!...Je m'enrhume immédiatement quand je suis nu-tête.

Quoi j'ai fait?...J'ai hypnotisé lui, simplement... Lui perrsuadé maintenant qu'il a chapeau surr tête.

Je ne l'ai pas mis à l'envers, au moins?... Non!...

Allons, cherchez mieux!...Ils ne se sont pas évaporés, que diable!...

Bon, je continue rrécit... J'ai vu arrriver avion : atterrrissage forrmidable! Et j'ai vu vous prrisonniers conduits dans bunkerr.

Oui, mais nous avons pu nous évader et...

Je sais. Et c'est lorrsque j'ai vu vous libres mais pourrchassés par autrres hommes, alorrs j'ai prris décision interrvenirr. Je suis entrré contact télépathique avec vous et j'ai guidé vous verrs temple...

Vous nous avez donc sauvé la vie!...Sans vous, qui sait ce...

TCHÂÂÂ

?

OH?

AH!

On a perdu quelque chose?...

Vous ne voyez pas que mon chapeau est tombé, non?

?

Il y a des gens, je vous jure, à qui il faut véritablement TOUT expliquer!

Et maintenant extra-terrrestrres décider quoi fairre de vous. J'attends bientôt astrronef...mais vous dites, vous, soucoupe volante.

Des soucoupes volantes !?!

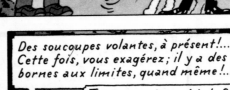

Des soucoupes volantes, à présent!... Cette fois, vous exagérez; il y a des bornes aux limites, quand même!...

Toujourrs incrédule? Et pourrtant, rregarrdez, là, à votrre drroite.

Voyez dessins surr murr: c'est évidemment machines utilisées parr êtres venus d'autrres planètes...

Il y a milliers d'années, hommes ont bâti ce temple pourr adorrer dieux descendus du ciel surr charrs de feu. En rréalité, charrs étaient astrronefs comme celui-ci. Et dieux étaient...Mais vous avez vu statues : elles rreprésentent quoi, dirriez-vous?...

On dirait...On dirait un cosmonaute avec son casque, son micro, ses écouteurs.

Et là, à gauche, au pied de la statue, qu'est-ce que c'est?...

?

LE CHAPEAU DE CARREIDAS !

Tu es sûr que c'est le sien ?... Vois s'il y a des initiales.

?

Çà, par exemple, pas moyen de le retirer, ce galurin !... Il est coincé sous le socle de la statue !...

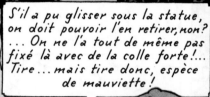

S'il a pu glisser sous la statue, on doit pouvoir l'en retirer, non? ... On ne l'a tout de même pas fixé là avec de la colle forte !... Tire... mais tire donc, espèce de mauviette !

HAN !... HAN !...

CRAC

ÏMBÉCILE! ÏMBÉCILE! ÏMBÉCILE !

Pardon, boss! Pardon, boss!

L.C.: Laszlo Carreidas... C'est bien le sien, boss !... Voyez...

Ainsi, il a fallu le déchirer pour le sortir de là ?...

Mais alors, c'est la statue qui se serait posée sur lui! ...Et dans ce cas... Mais oui, c'est évident : il doit y avoir là un passage secret ! ...Allons, cherchez !...

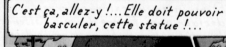

C'est ça, allez-y !...Elle doit pouvoir basculer, cette statue !...

Et dix minutes plus tard...

Rien ne bouge, boss.... Ah! si on avait de la dynamite....

De la dynamite?... Mais nous avons bien mieux !...

Vite, retourne à notre jonque, et ramène-moi tout le plastic que je réservais comme cadeau aux Sondonésiens !...Va vite !...

Ha! ha! mes amis, vous ne connaissez pas encore Rastapopoulos !... Je vous aurai, dussé-je démolir ce temple pierre par pierre !...

Nous parrlions quoi extrra-terrrestrres allaient fairre de vous. Eh bien, prrobable-ment, vous serrez d'abord hypnotisés... Et puis...

Quoi! nous hyp-notiser, nous?...

Halte-là! pas de ça, Lisette!... Vous ne croyez tout de même pas que nous allons nous laisser hypnotiser par vos espèces de simili-Martiens à la graisse de cabestan!

Allons, allons, on ne ferra pas mal à vous!... On vous hypnotiserra seule-ment pourr fairre oublier ce que vous aurrez vu et entendu ici... En fait, vous souvenirr seulement de voyage à borrd d'avion Carrreidas.

Comment savez-vous que...?

Comment je sais?...Oh! rrien de sorrcier là-dedans!...Ce sont amis de vous, pilote Szut et Gino, qui ont rraconté à moi...

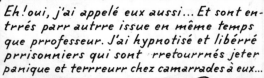

Eh! oui, j'ai appelé eux aussi... Et sont en-trrés parr autrre issue en même temps que professeur. J'ai hypnotisé et libérré prrisonniers qui sont rretourrnés jeter panique et terrreurr chez camarrades à eux...

Salut, monsieur!

?

Dites donc, jeune homme, je vous ai fait l'honneur de vous saluer! ...Vous pourriez au moins me rendre mon coup de chapeau, non?

Mais pas le moins du monde!

Et même, sans vouloir du tout vous contredire, j'aurais plutôt tendance à estimer que la tem-pérature ambiante serait un rien trop élevée...

INSOLENT!

PAF

?

PIF · BAF
POF
FLAP
VLOP

Mon Dieu!

VLAF · PAF · POF

Tryphon!!!...Stop!

Professeur!...

Tryphon!... Calme-toi, au nom du ciel!

HARGN

Pendant ce temps...

Non mais, qu'est-ce qu'il fabrique là-bas, cet imbécile d'Allan ?...

Il devrait déjà être de retour !... Ah! je m'en vais vous les faire sauter, moi, leurs statues!... Et on va voir ce que... Tiens ?...

?

Ma bosse!... Elle a disparu!... Ça, c'est bon signe: la chance est en train de tourner!...

BROMM

? ? ?

UN TREMBLEMENT DE TERRE !...

Mais qu'est-ce que j'ai fait à Lucifer pour mériter tout ça ?!... C'est injuste, à la fin !...

Au même moment...

WOU-OUH-OUH

Oui, c'est fini... Trremblement de terrre trrès trrès frréquents parr ici, et toujourrs sans grravité... Mais cette fois-ci...

Cette fois-ci ?...

De grâce, Tryphon!

Pardon! c'est lui qui a commencé!

Votre chapeau?... Vous l'avez sur la tête.

Cette fois-ci, pourrquoi je ne sais pas, trrès trrès inquiet je suis.

AH ?

Oui, je sens quelque chose anorrmal se prréparrer... Venez, ne rrestons pas ici... Allons rrejoindrre amis de vous.

Qu'est-ce qui s'est passé ?...

Non, c'est lui!

Venez vite, je sens venirr danger terrrible!

Et voilà vos camarrades! — Hello! — Tintin! — Mamma mia!

Ah! mes amis, quel bonheur de retrouver vous! — Mamma mia! qué ça fait tanto plaisir dé rétrouver il Signor Commendatore! — Sacré mitrailleur à bavette, va! — Venez, venez: n'attarrdons pas nous...

Et pendant ce temps-là...

Ah! te voilà enfin!... Pas trop tôt!... Mais... mais qu'est-ce qui s'est passé?...

Eh bien, boff, il y a eu comme qui dirait un féifme!...

Je le sais, figure-toi!... Et cesse de zézayer, nom de diable!...

Impoffible, boff: v'ai perdu mon dentier!... Fe font fes facrés Fondonéviens qui m'ont arranvé comme fa, boff!

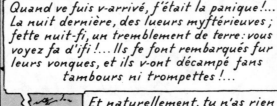

Quand ve fuis v-arrivé, f'était la panique!... La nuit dernière, des lueurs myftérieuves; fette nuit-fi, un tremblement de terre: vous voyez fa d'ifi!... Ils fe font rembarqués fur leurs vonques, et ils v-ont décampé fans tambours ni trompettes!...

Et naturellement, tu n'as rien fait pour t'opposer à leur départ!

Fi, fi, boff, v'ai tout fait pour les empêfer de f'enfuir!... Ah! ouife! f'est comme fi v'avais effayé de fouffler dans une contrebaffe!... F'est tout vufte f'ils ne m'ont pas coupé en petits morfeaux!...

Bah! il nous reste le canot pneumatique de l'avion... Allons, démolis- moi ce truc-là!

Fa va faire un beau feu d'artifife, boff: il y a là de quoi faire fauter l'Empire Ftate Building...

Voilà, fa y est!... Nous v'avons finq minutes pour nous mettre en fécurité!...

51

Ces grrottes communiquent d'un côté avec temple, d'autrre côté avec crratère ancien volcan.

BROMM

Dites donc, c'est bientôt fini, tous vos tremblements de terre, là ?!...

Ça, ce n'est plus trremblement de ter-re !... C'est autrre chose: sans doute explosion prrovoquée parr bandits... Je prrévois catastrrophe !... Venez vite !...

Encorre quelques minutes et nous déboucherrons airr librre.

...et l'essentiel, c'est qu'on ait retrouvé mon chapeau.

Bien sûr!

PLOC

Çà alors! il pleut sur mon crâne !... Mais dans ce cas, le chapeau que j'ai là ?...

Attendez-moi !... Je reviens tout de suite !... Je vais chercher mon chapeau !...

Mais vous l'avez sur la tête !... Revenez !

Mais oui, vous l'avez sur la tête, votre chapeau !

Pardon ! ce n'est pas mon chapeau, ça !... Celui-ci prend l'eau !...

Mon Dieu, ces rubans de fumée !... D'où sortent-ils ?...

Et cette odeur ?... On dirait... on dirait du soufre !...

AAAH...

Bravo, capitaine! Ça, c'est un rétablissement!

Laissez-vous glisser maintenant!

Par ici, capitaine!

Pffffh!...Cette fois, j'ai bien cru que je passais à la casserole!

Venez!... Vite! vite! il n'y a pas de temps à perdre!

Je viens, je viens... Mais gare à ce bougre d'ectoplasme de moule à gaufres de Carreidas!...Je vais en faire des papillotes, moi!

Venez!

Cela devient une véritable fournaise ici!

Ah! quelle chance!...Sains et saufs vous êtes!... Venez parr ici, vite!...

Le volcan se réveille!

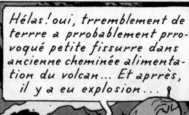

Hélas! oui, trremblement de terrre a prrobablement prro-voqué petite fissurre dans ancienne cheminée alimenta-tion du volcan... Et aprrès, il y a eu explosion...

...qui a sans doute agrrandi fissurre et libérré gaz et lave! ...Si c'est comme ça, érruption ne fait que commencer!...Pourr-vu qu'astrronef arrrive à temps à rrendez-vous!...

Chaleurr devient insoutenable...Si ça continue, nous allons...

TCHAA

Vous ne pouvez pas fermer vos portes derrière vous, non? ...Vous ne sentez pas qu'il y a un terrible courant d'air?...

Et toute cette fumée, hein?...Vous le faites exprès?...Moi qui ai la gorge si sensible!... Vous avez juré de me faire mourir, oui?...

Il s'est replongé dans cet enfer !... Faites quelque chose, vous !... Je ne sais pas...télépathez-lui de revenir !

WOUHOUHOUHOU

Rrevenez, mon jeune ami !... Inutile de rrisquer votrre vie !...

Eh bien, quoi ?... Il a répondu ?...

Oh, oui !... Et il m'a dit aller au diable, tout simplement !... Un garçon si poli !...

Ici !... Aidez-moi !... Aidez-moi !...

Le voilà !

Il a réussi, mille sabords !... Quel type quand même, ce Tintin !

Vite !... Le bouche à bouche...Il faut ...il faut le ranimer...

O joie ! O bonheur ! Ils sont sauvés !...

Youpi-i-i-e !... Et en avant pour le bain de minuit !

Pas trop loin, Milou !...Reviens !...

Dis donc, je sais nager, non ?...

Encorre aucun signe de astronef ...Pourrquoi ils tarrdent tant ?...

Et alors, Tryphon, ça va mieux ?...

Uuhh

RROOHRR ROHR

Le lac !... Rregarrdez !... Il se vide comme vulgairre lavabo !...

WOUAAH!

Encore!... Décidément, c'est une idée fixe, chez vous, d'hypnotiser les gens!... Mais avec nous, vous savez, des trucs pareils, ça ne prend pas!

Non ça ne prend pas non ça ne prend pas non ça ne prend pas non ça ne...

Et maintenant, messieurs, vous êtes aérroporrt Djakarrta et vous allez prrendrre place à borrd avion Carrreidas. Voilà échelle : grrimpez le prremier, monsieur Carrreidas.

À votrre tourr, prrofesseurr... À vous, commandant Szut...

Au suivant : vous, Gino... Montez, docteurr...

À vous, masterr Tintin, avec Milou... Enfin, vous, capitaine Haddock.

Parrfait... vous voilà tous dans avion pourr Sydney et...

Allo, grrand pilote, rremontez échelle... Vite! j'entends grrondements inquiétants!...

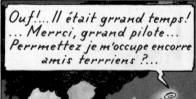

Ouf!... Il était grrand temps! ... Merrci, grrand pilote... Perrmettez je m'occupe encorre amis terrriens ?...

Vous, monsieur Carrreidas, vous jouez combat naval avec capitaine Haddock. Et vous trrichez, naturrellement.

Naturellement.

Vous, commandant Szut, vous aux commandes Carrreidas 160... Et tout va bien à borrd, n'est-ce pas ?...

Oui, tout va bien à bord. Oui, tout va bien à bord.

Oh! là-bas... Rradeau pneumatique!

Et c'est même rradeau du Carrreidas!... Voilà exactement où aventurre doit finirr pourr Tintin et ses amis!

Regardez!... Regardez!... Qu'est-fe que f'est que fa ?...

Une... une soucoupe volante!... Elle tourne... Mais... mais... Mais elle vient droit sur nous!... Feu, Allan!... Feu!...

Bas les arrmes, forrbans !... Fini de rrirre !... Voilà vous mainte-nant tous hypnotisés !...

Écoutez bien... Apparreil, ici, est rrien autrre qu'hélicoptèrre venu vous rrecueillirr... Montez à borrd !

Bien, bien, bien, bien.

À prrésent, je parrle à vous, com-mandant Szut, et à vos amis... Vous oublierrez toutes choses arrrivées depuis hierr... Vous rretiendrrez uniquement ceci : aprrès déparrt Djakarrta pourr Sydney, cirrconstances inconnues ont forrcé avion amerrrirr...

...et vous avez dû prrendrre place dans canot pneumatique.

Vous êtes tous dans embarrca-tion ?...Szut, Tourrnesol, Gino, Carrreidas, Haddock, Tintin et Milou ?...Parrfait !...Les autrres, je m'en charrge... Maintenant, dorrmez, mes amis, je le veux !

Adieu !

Wouah ! wouah !

Quelques heures plus tard.

...repris les recherches en vue de retrouver les passagers de l'avion Carreidas disparu de-puis hier, mais l'espoir de dé-couvrir des survivants diminue d'heure en heure.

Un ancien volcan, situé sur l'île de Pulau-pulau Bompa, dans la mer des Célèbes, est entré en éruption cette nuit. Une colonne de fumée haute de 10.000 mètres s'élève du cratère. Des avions patrouil-leurs sont partis observer le phénomène.

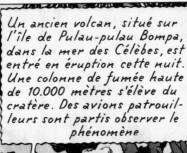

Encore un passage, Bob, pour essayer de filmer le cratère.

O.K.

Oh !Bob !...Là, à 10 heures... Regarde, mon vieux !...

Un radeau pneumatique !!!...

Allo, Macassar contrôle ?... Ici Victor Hôtel Bravo...Avons repéré un radeau pneumatique à moins d'un mille au sud du volcan, avec cinq ou six hommes à bord. Malgré plusieurs passages à basse altitude, personne n'a donné signe de vie, sauf un petit chien blanc.

Malheur, Bob !...Le vent les pousse vers l'endroit où la lave se déverse dans la mer !...Ils vont être cuits comme des homards !...Il faut essayer d'amerrir et de les sauver !...

Wouah ! wouah !

Quelques jours après, à des milliers de kilomètres de là.

Nous avons annoncé que six des neuf occupants de l'avion du milliardaire Carreidas, dont M. Carreidas lui-même, avaient été retrouvés dérivant dans un canot pneumatique à plus de 200 milles de leur itinéraire normal, et à proximité de l'île de Pulau-pulau Bompa. On sait que cette île vient d'être ravagée par une éruption volcanique. Les rescapés devaient être sous l'effet d'un choc, car ce n'est que plusieurs heures après avoir été hospitalisés à Djakarta qu'ils ont repris conscience...

... L'affaire est tellement mystérieuse que nous avons décidé d'envoyer sur place une de nos équipes afin d'interroger les survivants.

Tout ça aux frais de la princesse, naturellement. Mais, en fin de compte, c'est nous, la princesse!

Nous avons commencé par le propriétaire de l'avion... Monsieur Carreidas, la perte de votre prototype et la tragique disparition de votre secrétaire et de deux membres de votre équipage doivent vous avoir fort affecté...

Oui, évidemment...

... tout cela est bien triste, mais que voulez-vous, c'est la vie!... Ce qui est plus ennuyeux, c'est que j'ai perdu mon chapeau: un Bross et Clackwell d'avant-guerre... Et ça, c'est irremplaçable!

Et ces traces de piqûres à votre bras, monsieur Carreidas?... Il semble que vos compagnons de voyage n'en portent pas?...

J'ai bien droit à un traitement spécial, non?...

Heu... bien sûr...

Vous, commandant Szut, vous avez été contraint d'atterrir. Pouvez-vous nous dire dans quelles circonstances, à la suite de quel incident?... Votre dernier message annonçait que vous étiez à hauteur de Sumbawa et que tout allait bien à bord?...

Oui...

...oui, mais c'est impossible me souvenir: il est comme trou dans ma mémoire... Je pas comprendre... C'est comme rêve...

Eh bien! moi aussi, c'est comme si j'avais eu un épouvantable cauchemar...

Non, mais, regardez qui est là!... Le barbu de Moulinsart!... Ah! il faut avouer qu'il a le talent d'aller toujours se fourrer dans de drôles de pétrins!

Je revois vaguement des masques grimaçants, des souterrains où régnait une chaleur infernale... Tonnerre de Brest! j'en ai encore soif quand j'y pense!...

Et vous, cher ami?

Moi?... Eh bien! j'ai fait un rêve analogue. C'est déjà fort étrange, n'est-ce pas, mais...

Et voilà son inséparable Riquet à la houppe!

... mais le plus ahurissant, dans toute cette histoire, c'est le professeur Tournesol qui va vous le révéler...

Professeur, voulez-vous montrer l'objet que vous avez trouvé ?

Pas du tout, pas du tout, avec plaisir !

Le voici !

Ah ! et qu'est-ce que c'est ?...

Exactement !... C'est une tige de métal terminée par une tête hémisphérique.

Ça n'a rien d'extraordinaire ! On dirait tout bêtement une soupape !..

À première vue, cet objet ne présente rien de particulier. Mais où cela commence à devenir étrange, c'est que c'est dans ma poche que je l'ai découvert.

Dans votre poche ?

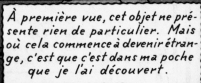

Non, non, non, non : dans ma poche !

Sacré Tournedisque !... Ça ne s'améliore vraiment pas du côté de la table d'écoute !

Ah ! çà, comment il est arrivé là, je n'en ai pas la moindre idée !...Mais ce qui rend l'affaire tout à fait fantastique, c'est que le métal dont est fait cet objet est un métal qui N'EXISTE PAS SUR TERRE !

Vous... Vous êtes certain ?...

De l'étain ?!?... Vous plaisantez ?... Non, non, regardez !

Ha ! Ha ! Ha ! Quel type, ce Tournesol ! ...

Voyez comme mon pendule s'affole dès qu'il est au-dessus de l'objet !...

En effet, mais qu'est-ce que cela signifie ?...

Non, monsieur, ce n'est pas de l'autosuggestion ! Et la meilleure preuve de la réalité du phénomène, je l'ai obtenue en faisant analyser ce métal par le laboratoire de l'Université de Djakarta. Eh bien ! l'avis des physico-chimistes est absolument formel : il s'agit là de cobalt à l'état natif, allié à un composé de ferro-nickel !

Or, il n'y a pas de cobalt à l'état natif sur notre planète !... Je dis donc que cet objet est d'origine EXTRA-TERRESTRE !...

Pas un peu fou, non ?... Pourquoi pas une pièce détachée de soucoupe volante, hein ?... Fabriquée dans une usine de la planète Mars, comme de juste !... Racontez ça à un cheval de bois, il va se mettre à ruer !

Professeur, vous venez de prononcer le mot "extra-terrestre". Voici, à ce propos, une photographie prise lundi dernier à New Delhi par un amateur, un peu avant que l'on vous recueille. Examinez bien ce document...

Pensez-vous, comme le prétend l'auteur de ce cliché, qu'il s'agisse réellement d'une soucoupe volante ?... Et si oui, croyez-vous que ces engins soient d'origine extra-terrestre ?...

Un chef d'orchestre ?... Là, franchement, je ne vois pas le rapport... Pour moi, cette photo représente un de ces objets volants non identifiés qu'on appelle soucoupes volantes.

Croyez-vous que ces objets volants viennent d'un autre monde ?...

Ronde ?... Mais cela va de soi ! Une soucoupe est toujours ronde, non ?...

Euh... évidemment... Encore une question, professeur : vos compagnons de voyage et vous avez donc été frappés d'amnésie ?...

De la magnésie ?... Heu... oui... si vous souffrez de maux d'estomac, mais...

Pardon ?... Vous... Hem... Je ne veux pas dire que les cas d'amnésie soient si rares; non... Les journaux en signalent encore un ce matin : le directeur d'un institut psychiatrique de New Delhi, le docteur Krollspell, disparu depuis plus d'un mois, a été retrouvé ces jours-ci, errant dans les environs de la ville et ayant complètement perdu la mémoire.

Mais, dans votre cas, comment les médecins expliquent-ils que vous soyez TOUS atteints d'amnésie ?...

Ils ne parviennent pas à l'expliquer, justement ! ... Pas plus que nous, d'ailleurs... !...

Ah ! si je pouvais raconter tout ce que j'ai vu !... Mais on ne me croirait pas.

Et pour terminer, messieurs, puis-je vous demander quels sont vos projets ?

Nous reprenons tout à l'heure l'avion pour Sydney, où nous arriverons juste à temps pour l'ouverture du congrès d'astronautique.

Eh bien ! il me reste à vous souhaiter que plus rien ne vienne interrompre votre voyage... Bonne chance, messieurs !... Au revoir, capitaine !

Au revoir !

DONG... Dernier appel : les passagers du Vol Qantas n° 714, à destination de Sydney, sont priés de se rendre d'urgence à l'exit n° 3.

FIN

Imprimé en Belgique par Casterman s.a., Tournai.
Dépôt légal : 1er trimestre 1968 ; D. 1969/0053/117.